Maryse Pelletier

Maryse Pelletier a étudié à l'Université Laval, en lettres, et au Conservatoire d'art dramatique à Québec. Elle joue dans plusieurs pièces, puis elle se met à écrire ses propres textes de théâtre, dont le premier sera mis en scène au Théâtre d'Aujourd'hui, à Montréal. Huit autres suivront, notamment *Duo pour voix obstinées* qui lui vaudra le prix du Gouverneur général. De 1992 à 1996, elle assure la direction générale et artistique du Théâtre Populaire du Québec.

Depuis quelques années, Maryse Pelletier se consacre à l'écriture. À la courte échelle, en plus de ses livres dans la collection Roman Jeunesse, elle a publié quatre romans pour les adolescents dans la collection Roman+. *Une vie en éclats* a été finaliste au prix du livre M. Christie et au prix du Gouverneur général. Quant à *La musique des choses*, qui a été traduit en italien, il fait partie de la Sélection White Ravens de la Bibliothèque internationale de la Jeunesse. Maryse est aussi l'auteure de deux romans pour les adultes, *L'odeur des pivoines* et *La duchesse des Bois-Francs*. En 2003, sa pièce *Cabano P.Q.* a remporté le concours d'écriture dramatique Douze en scène.

Comme scénariste, Maryse Pelletier a participé à l'écriture de nombreuses émissions de télévision, dont *Graffiti*, *Iniminimagimo* et *Traboulidon*. De plus, elle a longtemps étudié le piano. Elle a d'ailleurs été lauréate en piano de l'Université de Moncton.

Gabrielle Grimard

Depuis qu'elle est toute petite, Gabrielle Grimard se passionne pour le dessin et c'est tout naturellement qu'elle a poursuivi des études dans ce domaine. Aujourd'hui, elle est illustratrice et elle a peint des murales qu'on peut voir sur les murs de plusieurs édifices montréalais. Gabrielle vit à la campagne et partage son temps entre son atelier, son jardin, sa basse-cour et sa petite famille. *La chasse au plomb* est le deuxième roman qu'elle illustre à la courte échelle.

De la même auteure, à la courte échelle

Collection Roman Jeunesse

Série Simon et Maude:
La chasse aux moules

Collection Roman+
Une vie en éclats

Série Vincent:
La musique des choses
La fugue de Leila
Duo en noir et blanc

Maryse Pelletier

LA CHASSE AU PLOMB

Illustrations
de Gabrielle Grimard

la courte échelle

Les éditions de la courte échelle inc.
5243, boul. Saint-Laurent
Montréal (Québec) H2T 1S4

Direction littéraire et artistique:
Annie Langlois

Révision:
Sophie Sainte-Marie

Conception graphique de la couverture:
Elastik

Conception graphique de l'intérieur:
Derome design inc.

Mise en pages:
Mardigrafe inc.

Dépôt légal, 1er trimestre 2004
Bibliothèque nationale du Québec

La courte échelle reconnaît l'aide financière du gouvernement du
Canada par l'entremise du Programme d'aide au développement de
l'industrie de l'édition pour ses activités d'édition. La courte échelle est
aussi inscrite au programme de subvention globale du Conseil des Arts
du Canada et reçoit l'appui du gouvernement du Québec par
l'intermédiaire de la SODEC.

La courte échelle bénéficie également du Programme de crédit d'impôt
pour l'édition de livres — Gestion SODEC — du gouvernement du
Québec.

Données de catalogage avant publication (Canada)

Pelletier, Maryse

    La chasse au plomb

    (Roman Jeunesse; RJ131)

    ISBN: 2-89021-692-6

    I. Grimard, Gabrielle. II. Titre. III. Collection.

PS8581.E398C52 2004   jC843'.54   C2003-942242-9
PS9581.E398C52 2004

À Camille

Chapitre I
Drôle d'oiseau

Il pleut. Pas fort, juste assez pour se mouiller le visage quand on fait du vélo. C'est désagréable.

Simon, douze ans, et sa petite soeur Maude, dix ans, roulent sur la piste cyclable depuis plus d'une heure dans ce crachin.

Simon se retourne vers Maude pour la troisième fois en cinq minutes. Elle avance, courageuse, contre le vent et la bruine, mais de moins en moins vite. Elle se fatigue et elle a du mal à le suivre. Comme Simon aime la protéger, il suggère:

— On sort nos imperméables, veux-tu?

Maude pousse un soupir de soulagement. Quelle bonne idée! Toute concentrée sur la route et sur l'effort à accomplir, elle ne pensait pas à prendre du répit.

Elle descend de son vélo, s'écarte de la piste et fouille dans son sac à dos. Plus organisée que son frère, elle y a fourré son imperméable et lui a conseillé d'en faire autant.

Elle ne l'a pas sitôt enfilé que la pluie commence à tomber en grosses gouttes serrées.

— Je l'avais prédit qu'on se ferait arroser, maugrée-t-elle en cherchant un abri.

Simon hausse les épaules, philosophe.

— Quand on se promène à vélo tous les jours, c'est ce à quoi on s'expose!

À son tour, il se presse d'endosser son ciré et son chapeau. Les voilà qui ressemblent à deux pompiers. Visibles à cent mètres! Et Maude qui préfère être discrète. Tant pis.

Réfugiée sous une grande épinette noire, elle retrouve sa bonne humeur. Ce n'est pas la faute de son frère si les nuages ont décidé de se vider d'un coup sur leur tête. Tout en humant les bonnes odeurs de mousse et de conifères, elle examine les alentours.

Val-des-Bois, le village où ils habitent depuis qu'ils sont nés, a disparu derrière le rideau de pluie. Les montagnes avoisinantes se sont évanouies dans la grisaille elles aussi.

Maude ne peut observer que les environs immédiats, ceux que l'averse laisse entrevoir. Tout près, gris et chatoyant, chantant une petite mélodie terne sous la pluie, il y a le lac Caillé. Il est immense, sauf qu'aujourd'hui on n'en aperçoit que quelques mètres.

La section du rivage où son frère et elle ont mis les pieds est dénudée sur une large bande. Et, détail qui la rend originale, elle est en forme de croissant; autrement dit, c'est une baie. Il y en a peu dans la région.

Maude sursaute.

— Sais-tu où on est? demande-t-elle à Simon.

— Non, s'interroge celui-ci en jetant un regard autour de lui.

— À la baie des Anglais! s'exclame-t-elle, victorieuse.

Justement l'endroit qu'ils avaient décidé d'explorer aujourd'hui!

La fameuse baie est située au sud du lac et du village. Elle doit son nom au fait que, au siècle dernier, elle était un lieu de traite des fourrures. Les acheteurs du sud, anglophones pour la plupart, venaient ici pour se procurer les peaux des trappeurs du Québec.

Simon et Maude connaissent peu cette partie du lac. Quand ils se baladent, ils se dirigent plutôt du côté nord, plus sauvage, plus grandiose. Pour une fois, ils avaient choisi de changer leur routine. Ça tombe mal, l'ondée les empêche d'apprécier le lieu à leur goût.

Ils se préparent à rentrer chez eux sous l'averse quand Simon, intrigué, lève le doigt vers le lac, à une dizaine de mètres de la piste:

— Regarde!

Un drôle d'objet, gros comme un ballon, est poussé sur le sable par les vaguelettes. À cette distance, impossible de distinguer ce dont il s'agit.

Les enfants s'approchent, curieux, et s'arrêtent tout près de la chose bizarre. Ils mettent de longues secondes à se rendre à l'évidence. Ce qu'ils voient à leurs pieds, ballotté par l'eau, est un gros oiseau mort.

Simon, qui collectionne les cartes d'oiseaux, identifie celui-ci sans peine:

— Un huard à collier!

Le corps de l'animal est couvert de plumes noires et blanches disposées en damier, et sa tête, au bec très fort, est de couleur foncée.

Les enfants sont abasourdis. Ils n'ont jamais rien vu de tel.

— Ce n'est pas normal! affirme Simon. Il n'y a pas de raison pour qu'on trouve un oiseau mort, ce n'est pas le temps de la chasse.

— Il était vieux, peut-être...

— Il n'en a pas l'air!

Les enfants replongent dans leurs pensées. L'oiseau mort représente un problème nouveau. Comment doivent-ils agir? Faut-il le laisser sur place ou l'emmener? Y a-t-il du danger à y toucher?

Entre-temps, l'averse a cessé brusquement. Le silence s'est installé sur le lac grisâtre. Le frère et la soeur se regardent, perplexes, ne sachant quoi décider.

Soudain, déchirant le silence, des cris de guerre retentissent non loin d'eux. Simon et Maude tournent la tête vers la forêt, vers la piste, pour finalement regarder derrière, d'où provient le tintamarre.

Un enfant s'approche à toute vitesse. Il a l'âge de Maude. Jambes nues, il porte une cape rouge trouée et une épée de bois, et son visage est barbouillé de noir comme celui d'un mineur.

— À l'attaaaaque! À l'assaut! En avant!

Sans reprendre son souffle, il court, agitant son épée d'un air qu'il voudrait menaçant.

Maude et Simon sont tellement surpris qu'ils restent cois. L'assaillant est devant eux à présent, brandissant sa fausse épée sous leur nez en gestes désordonnés.

— C'est mon domaine, ici, vous n'avez pas le droit de venir!

Simon fait un pas en direction du matamore, qui s'éloigne un peu.

— Bien sûr qu'on a le droit!

— Non! C'est à moi, ici!

Maude avance à son tour, et l'autre recule d'un pas de plus.

— Veux-tu qu'on joue ensemble?

Sans répondre, le chevalier barbouillé allonge l'épée de bois sous son nez.

— Silence, ou je vous fais prisonniers!

Plus contrariés qu'apeurés, Maude et Simon haussent les épaules et retournent à la piste. Là, pendant qu'ils enfourchent leurs vélos, le chevalier les houspille, menaçant leurs pneus de son arme.

— Ne revenez plus! Territoire défendu. Défense d'entrer!

— Ça va, dit Maude. On a compris.

Et, suivie de Simon, elle s'éloigne sans regarder derrière.

Chapitre II
L'aigle attaque

Francis, le père de Simon et de Maude, a souri à l'histoire du chevalier barbouillé. Il est cependant redevenu sérieux quand il a entendu celle du huard mort.

— Ce n'est pas normal. Pas normal du tout, a-t-il répété à la suite de Simon. Retournons là-bas.

Et les voilà tous trois en direction de la baie des Anglais pour enquêter. Tout ce qu'ils souhaitent, c'est que l'oiseau n'ait pas été emporté par les vagues ou par un animal affamé.

Vingt minutes suffisent en voiture pour faire le chemin qui mène de leur maison à la baie. Une fois là, il faut une autre vingtaine de minutes de marche pour se rendre à la grève.

Ils arpentent d'abord une route de terre à peine carrossable.

— Tiens, note Francis, je ne savais pas que des véhicules pouvaient rouler ici!

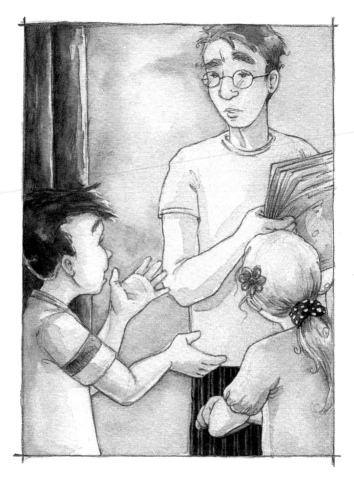

En effet, de grosses crevasses de pneus, un peu gommées par la pluie, sont visibles sur la piste.

À la sortie de la forêt, ils débouchent sur un terrain vague où poussent à foison des herbes folles. En plein centre de ce terrain est érigé un vieux bâtiment.

Grand et haut, il a un toit en pente et d'immenses portes pour laisser entrer des véhicules. Il ressemble autant à un hangar qu'à un garage, et il a l'air de sortir tout droit des années cinquante.

— C'est étrange, un garage en plein champ, commente Simon.

— Il y a une raison, explique Francis.

Et il raconte que, il y a plusieurs années, l'établissement était situé juste au bord de la route. Mais comme la route a été relocalisée à flanc de colline, derrière le village, le garage est devenu difficile d'accès. Il a perdu sa clientèle, a fait faillite, puis a été abandonné.

Par la suite, la nature a repris ses droits: l'herbe a poussé, et le vent et la pluie ont semé de la mousse et des champignons sur ses murs et son toit.

— On dirait un vaisseau fantôme, remarque Maude.

— Je ne sais plus à qui il appartient, conclut Francis. On devrait le démolir avant qu'il s'écroule. Il a l'air dangereux.

* * *

Abandonné, le vieux garage? Pas par tout le monde.

Derrière une de ses fenêtres sales, un enfant épie, enveloppé dans sa cape rapiécée. Quand il a entendu des pas et des voix avancer vers son domaine, il s'est réfugié dans son antre et s'est tenu aux aguets.

Immobile, retenant sa respiration, il regarde les envahisseurs. C'est la deuxième fois aujourd'hui qu'il est dérangé par des intrus. Il va devoir faire quelque chose. Un chevalier doit défendre son château contre les ennemis, même s'ils ont l'air gentils.

Nerveux, tendu, il met son plan au point.

Cela ne l'empêche pas d'observer Maude, si blonde, si jolie, qui s'adresse à cet adulte, probablement son père, avec confiance. Il aimerait, lui aussi, avoir une soeur blonde et un père qui répond à ses questions.

Mais son père est très occupé et il n'a ni frère ni soeur. Pas d'amis non plus. Oh, il aimerait en avoir. Il ignore d'ailleurs pourquoi il n'en a pas. Peut-être parce qu'il change d'école trop souvent.

Il se plonge dans des pensées tristes,

pendant que le trio, dehors, continue vers le lac.

* * *

La baie des Anglais n'est pas une plage fréquentée par les baigneurs, elle est trop loin du village. À cause de la piste qui la borde, quelques cyclistes s'y arrêtent parfois, le temps d'un pique-nique ou d'une sieste.

Par contre, les pêcheurs l'adorent. C'est ici, paraît-il, le meilleur secteur pour attraper l'achigan et le doré.

Les enfants et leur père ont atteint la grève. Le huard mort y est encore, la tête ondulant au gré de l'eau qui le reprend ou le renvoie sur le rivage.

Francis est journaliste. Il écrit des articles sur l'environnement. Il est donc très touché par la pollution et par les maladies que les animaux attrapent à cause des humains.

Il se penche pour examiner l'oiseau mort.

— Je vais l'emmener, décide-t-il au bout d'un moment.

— Hein? s'écrie Simon, horrifié. À la maison?

Francis éclate d'un grand rire:

— Non, au laboratoire, pour le faire analyser. C'est le seul que vous avez aperçu?

— Oui, répond Simon.

— On peut voir s'il y en a d'autres, si tu veux, suggère Maude.

— Excellente idée, approuve Francis. Si on en trouve, on sera en possession d'indices additionnels.

Il ouvre son sac, en retire un journal destiné à emballer l'oiseau, le déplie et l'étend sur la grève. Puis il enfile ses gants de caoutchouc. Par précaution. Tant qu'il ne saura pas de quoi l'oiseau est mort, il évitera tout contact direct avec son plumage.

Pendant ce temps, Simon et Maude s'éloignent, longeant la grève, essayant de repérer des éléments qui pourraient s'avérer utiles à l'enquête.

* * *

Derrière la fenêtre sale du hangar, le garçon s'est redressé, prêt à agir. Il attend que les enfants soient très loin du père.

Puis il se penche, se frotte les mains au sol pour les enduire de terre et s'en couvre la figure.

Sans hésiter, il sort et se précipite vers Simon et Maude en lançant son cri de guerre, celui qu'il a imaginé depuis qu'il a trouvé son repaire:

— À l'attaaaaque! Paaaaaartez!

En quelques secondes, il est devant ses ennemis, agitant son arme avec son air le plus menaçant.

Surpris, les assiégés se retournent. Aussitôt qu'ils reconnaissent leur chevalier

25

barbouillé, ils lui sourient, engageants.

Stupéfait, l'attaquant baisse la garde. C'est difficile de se battre contre des gens amicaux. Il est si bouleversé qu'il n'entend pas Maude lui parler. Elle s'en rend compte et répète:

— Comment t'appelles-tu?

Il ne veut pas répondre. Il hait tous ceux qui viennent sur son territoire sans demander la permission.

— Je ne m'appelle pas. Je suis le maître ici et je ne veux pas vous voir. Partez, sinon...

Il brandit son épée, dessinant de grands moulinets, sans s'approcher.

— Sinon quoi? veut savoir Simon qui le dépasse d'une tête.

— Sinon je...

La question l'embarrasse, il est incapable d'y répondre. Il ne s'y est pas préparé.

La petite blonde s'approche un peu.

— Moi, je m'appelle Maude, et lui c'est mon frère, Simon. Si tu veux qu'on devienne amis, il faudrait que tu nous dises ton nom!

La proposition l'intéresse. Enfin des amis avec qui jouer, discuter, partir en excursion. Il baisse son épée, tenté.

26

— Je m'appelle...

Entendant des pas derrière lui, il s'interrompt et relève son bras, apeuré.

— Je m'appelle personne et je suis très bien tout seul!

Vif comme l'éclair, il se sauve à toutes jambes vers le boisé.

Maude le rappelle:

— Ne pars pas, c'est seulement papa!

Il a disparu, déjà à couvert sous les arbres.

Francis rejoint ses enfants, tenant l'oiseau enroulé dans le papier journal.

— C'est votre nouveau Batman, les enfants? Il m'a l'air d'avoir moins de pouvoirs que le vrai!

— Tu l'as effrayé, lui reproche Maude.

Et pendant que leur père les précède sur le chemin du retour, Maude et Simon longent le boisé. À l'intention de celui qui n'a pas de nom, ils hurlent dans toutes les directions:

— On reviendra demain! C'est un rendez-vous!

* * *

Le chevalier, essoufflé, s'est assis sur sa cape derrière un gros arbre. Il espère

28

que Maude et Simon ne se rendront pas jusqu'à lui. En même temps, il voudrait les voir, il aimerait les connaître.

Quand il entend leurs appels, il a envie de frapper, mû par sa colère. À présent qu'il s'est enfui, il ne peut plus retourner vers eux sinon il ferait preuve de lâcheté.

Les appels continuent et l'envie d'y répondre grandit en lui.

Coincé entre ses désirs contradictoires, il se met à pleurer de découragement, ses poings salis sur ses yeux fermés.

Et puis non, il n'ira pas. À aucun prix. Il ne veut pas avoir d'amis. Les amis sont comme les mamans, ils vous abandonnent.

Ces deux-là, il va falloir les chasser pour de bon! Qu'ils aient si peur qu'ils ne s'aventurent plus sur son domaine!

Chapitre III
Le nid de l'oiseau

Le lendemain matin, Maude et Simon se préparent à aller apprivoiser leur ennemi. Arlène, leur mère, suggère de lui offrir un cadeau. Il apprécierait sûrement ce geste de générosité.

— C'est une bonne tactique, approuve Simon. Les Français l'ont utilisée avec les Amérindiens quand ils ont débarqué en Amérique.

Il choisit une paire de lunettes de soleil qu'il conservait comme une relique. Maude, elle, dépose dans son sac à dos une jolie boîte à musique, cadeau de ses huit ans.

— C'est ma préférée, j'espère qu'il l'aimera!

Ainsi animés des meilleures intentions et munis de leurs trésors, ils se rendent à la baie des Anglais.

Là, ils installent leurs vélos en plein milieu du terrain vague, enlèvent leur casque et examinent les alentours. Personne. Pas

d'enfant qui rôde ou les agresse, pas un son. Seraient-ils seuls?

Pour vérifier, ils contournent avec précaution le grand bâtiment au centre du terrain. Personne en vue là non plus. Ils se résignent à y pénétrer. Si leur chevalier à la cape trouée est dans les parages, c'est sans doute là qu'il s'est réfugié.

Les deux portes, immenses, ont l'air de tenir difficilement. Des deux battants, celui de droite paraît le plus solide. Simon et

Maude doivent tout de même user de toutes leurs forces pour le faire tourner sur ses gonds.

Sitôt déplacé, le lourd panneau se met à pencher.

— Oups, prévient Simon. On arrête! C'est dangereux!

Ils ont créé juste assez d'espace pour se faufiler à l'intérieur.

— Il n'est pas là. La porte est trop pesante pour lui seul, remarque Maude.

— C'est un conspirateur, il a une porte secrète, affirme Simon, mi-sérieux, mi-badin.

À l'intérieur, le rai de lumière passant par l'ouverture éclaire quelques mètres de terre battue, jonchée d'objets divers. Ici, un silencieux troué, là, un radiateur éventré, plus loin, des spaghettis de vieilles tuyauteries. Au-delà de ce trait lumineux, c'est le noir total.

Maude et Simon restent immobiles, attendant que leurs yeux s'habituent à l'obscurité. Puis Maude tente une première approche.

— Alloooo, appelle-t-elle d'une voix chantante. C'est nous, Maude et Simon. On t'a rencontré hier. Es-tu là, chevalier?

Silence.

Puis un frottement, un glissement.

— On est venus en amis, s'empresse de renchérir Simon. On veut parlementer! On a des cadeaux pour toi!

Un bruit de ferraille leur répond. Des objets métalliques sont projetés vers eux et rebondissent au sol les uns sur les autres dans un vacarme assourdissant.

Maude a le réflexe de fuir, mais Simon la retient par la manche.

— Sortons lentement. Il faut qu'il nous voie. J'ai un plan.

Les deux enfants, prenant soin d'être en pleine lumière, retournent à l'extérieur. Là, ils se collent le dos au mur du bâtiment, invisibles pour celui qui, à l'intérieur, leur lance une volée d'objets.

— Et maintenant, qu'est-ce qu'on fait? demande Maude.

— Il faut l'attirer à nous, suggère Simon. Euh... je ne sais pas comment...

Après une seconde de réflexion, sa soeur déclare, ravie:

— J'ai une idée!

Pendant que le tir d'objets se raréfie, signe que le garçon se fatigue, elle prend la boîte à musique dans son sac. Elle la remonte et la pose près de la porte, dans l'éclairage.

La musique de À *la claire fontaine* se répand en clochettes argentées dans l'immensité noire.

Durant de longues minutes, rien ne bouge à l'intérieur. Puis, par-dessus la musique, Maude et Simon entendent des pas incertains qui se rapprochent.

Le garçon hésite, méfiant. Il renifle, hésite encore, attiré par la musique, par la boîte. Il n'est pas idiot, il sait que c'est un piège, sauf qu'il est curieux et qu'il veut toucher l'objet qui produit de si jolis sons.

À trois pas de la porte, il s'immobilise. Le nez collé aux fentes entre les planches, Maude et Simon l'observent.

Ses genoux sont maigres et il porte un short trop grand retenu par des bretelles rayées. Ses cheveux sont roux, bouclés et emmêlés, et son visage est constellé de taches de rousseur. Pas d'épée ni de cape, aujourd'hui. Le chevalier a perdu son armure.

La boîte à musique, ralentissant, lance ses dernières clochettes et s'arrête dans un soupir. L'enfant se décide à franchir la distance qui le sépare du bibelot. Son visage

anxieux sort enfin de l'ombre. Il pleure; les larmes barbouillent ses joues sales.

Maude ne se retient plus, elle avance vers lui en lui tendant les mains:

— Je ne voulais pas te peiner! Je m'excuse, dit-elle, spontanée.

— Je m'appelle Éric, déclare l'enfant sur un ton de défi. Et je viens du Nouveau-Brunswick!

* * *

Malgré les questions de Maude et de Simon, Éric refuse d'en révéler davantage. Il est Éric du Nouveau-Brunswick, il a déménagé à Val-des-Bois au mois de juin, un point c'est tout, il s'arrête là. Considérant qu'ils ont déjà remporté une belle victoire, Maude et Simon n'insistent pas.

Éric a accepté la boîte à musique avec émotion. Quand Simon, à son tour, lui a offert les lunettes, il a écarquillé les yeux.

— C'est pour moi aussi? a-t-il demandé, incrédule et ravi.

Simon l'a rassuré. Oui, tout cela est bien à lui, et personne ne le lui prendra. Alors Éric, avec précaution, place la boîte dans une des poches de son short et enfile les lunettes. Trop grandes pour son petit visage, elles lui donnent un air comique et résolu.

Fier, il invite ses nouveaux amis à visiter son domaine. Pour commencer, il les précède à l'extérieur du bâtiment, tournant le dos à l'immense porte, dont le panneau est encore de guingois:

— Je ne passe jamais par ici!

D'un pas assuré, il les guide vers l'arrière du hangar, où les planches sont si usées qu'elles ont l'air de tenir par miracle. Il s'approche de l'une d'elles, plus haute que lui, et la retire.

— Voilà! Et il y en a comme ça partout! ajoute-t-il.

— Une entrée secrète, s'exclame Simon. C'est ce que je pensais!

Éric pénètre dans le hangar par le trou et signale à Maude et Simon de le suivre. Il replace ensuite la planche, bloquant l'entrée, et la lumière par la même occasion.

— Hé! proteste Maude, on ne voit plus rien!

— Tu vas t'habituer à la noirceur, rétorque Éric.

À part le rai de lumière provenant de la porte entrebâillée, de l'autre côté du bâti-

ment, l'intérieur est sombre. Cela n'empêche pas Éric de se déplacer si vite que
ses amis peinent pour le suivre.

— On n'a pas des yeux de chat, nous,
rouspète Maude après quelques pas incertains.

Éric s'excuse et reste immobile quelques
secondes. Quand leurs yeux s'habituent
à l'obscurité, Maude et Simon distin-
guent, çà et là, des amoncellements
d'objets. On dirait des ramassis de dé-
chets métalliques.

À mesure qu'ils s'en approchent, ils
constatent que les amas sont constitués de
centaines, de milliers de boîtes à demi
écrasées. De grosseur moyenne, ces boîtes
ont une couleur qui varie du rouge au noir,
en passant par toutes les teintes de roux.

Accumulées, entassées, elles deviennent des collines de fer rouillé.

En plein milieu de l'espace, une butte s'élève au-dessus des autres. Haute d'au moins un étage, elle constitue une véritable montagne.

— Mon château! déclare Éric en l'indiquant de sa main tendue.

Sans hésiter, il grimpe, sautant de boîte en boîte, par un chemin qui lui semble familier. Rendu au sommet, il brandit le poing et hurle:

— Yahou! C'est moi, Éric le chef! Troupes fidèèèèèles, attaqueeeez!

Sans attendre de réponse, il se penche vers Maude et Simon:

— Vous pouvez monter, il n'y a pas de danger.

Comme pour le contredire, une des boîtes se détache de sous ses pieds et se met à dégringoler, lentement d'abord, puis de plus en plus vite.

— Attention! crie Maude.

Éric descend sans se presser, haussant les épaules.

— Ce n'est pas grave, ça arrive tout le temps!

Avant que Simon puisse demander des

explications, la boîte échappée de la montagne finit sa course et atterrit à ses pieds. Curieux, il se penche pour l'examiner.

— C'est une vieille batterie de voiture, constate-t-il, intrigué.

Éric n'est pas troublé le moins du monde:

— Oui, et après?

Soudain, venu de nulle part, un cri retentissant les apostrophe:

— Petits chenapans, qu'est-ce que vous fabriquez ici?

La voix est celle d'un homme en colère. Elle provient du fond du hangar, plongé dans la noirceur. La silhouette de celui qui hurle, qu'on devine à peine, est grande, mince, avec des cheveux hirsutes plantés droit sur la tête.

Les enfants sont si surpris qu'ils se figent.

— Déguerpissez avant que je vous attrape! jappe l'homme, menaçant.

Et il avance vers eux en soulevant un nuage de poussière. Dans ces conditions, impossible de voir son visage. Peu importe, le trio n'en a aucune envie. C'est à qui des trois volera le premier vers la porte demeurée ouverte.

Une fois dehors, ils courent sur le terrain vague. Maude et Simon avancent sans regarder derrière, distançant Éric qui a du mal à les suivre.

— Attendez-moi, leur crie-t-il au bout d'un moment.

Ils s'arrêtent. Éric halète, le visage rouge. Il tousse tellement qu'il peine à rester debout. Maude et Simon s'empressent de retourner sur leurs pas pour lui porter secours.

— Qu'est-ce que tu as? lui demande Simon, inquiet.

— Rien, rien, crache Éric.

Ensemble, ils parcourent les quelques mètres qui les séparent des vélos. Maude enfourche le sien pendant que Simon invite Éric à monter derrière lui, et ils décampent en direction de Val-des-Bois.

* * *

Quelques kilomètres plus loin, le trio s'immobilise pour reprendre son souffle.

Éric s'assoit, pâle, au bord de la piste, et Maude s'inquiète:

— Tu tousses beaucoup. Est-ce que ça t'arrive souvent? Es-tu malade?

— Non, ment Éric.

En réalité, il a de fréquentes quintes de toux et éprouve régulièrement l'envie de vomir, mais il se ferait passer sur le corps plutôt que de l'avouer.

Un léger silence s'installe. Les pensées de Simon reviennent au garage que tout le monde croit abandonné, dans lequel au moins deux personnes vont et viennent couramment, semble-t-il.

Il s'accroupit à côté d'Éric et lui demande:

— C'était qui, dans le hangar? Le propriétaire?

— Je ne sais pas, répond Éric, penaud. C'est la première fois qu'il vient pendant que je suis là.

— Dommage qu'on n'ait pas vu son visage, regrette Maude.

Le frère et la soeur sont perplexes. Eux non plus ne connaissent pas cet homme. Pourtant, leur village est petit, ils auraient dû le voir quelque part, remarquer sa présence. Cette silhouette-là, et surtout ces cheveux hirsutes, ne leur rappellent personne.

— En tout cas, il vaudrait mieux ne plus retourner dans cet endroit, affirme Simon en remontant sur son vélo.

Éric voit rouge. Son repaire, sa tanière! C'était sa seule richesse et il vient de la perdre! Où s'amusera-t-il, désormais? Que fera-t-il de ses longs après-midi solitaires?

Il se lève d'un bond et hurle en direction de Simon et Maude.

— Il vous a suivis. C'est à cause de vous qu'il a découvert ma cachette!

— Non, proteste Maude, je te le jure! On était seuls sur la piste!

Éric est trop en colère pour accepter ce raisonnement.

— C'est votre faute, insiste-t-il, votre faute!

Abasourdi par ce brusque changement d'humeur, Simon veut intervenir à son tour. Il n'en a pas le temps, Éric lui coupe la parole:

— Je ne veux plus vous voir. Jamais! Je vous déteste!

Et, réprimant sa toux, ses lunettes sur le nez, la boîte à musique dans sa poche, il leur tourne le dos. Il se met à courir dans les champs et, une minute plus tard, il a disparu dans les blés dorés.

Maude veut le rattraper, Simon la retient.

— Il a un drôle de caractère, si tu veux mon avis. Laissons-le se calmer!

Le coeur chaviré, déconcertés devant ce comportement qu'ils ne s'expliquent pas, le frère et la soeur retournent à la maison.

Chapitre IV
L'oiseau malade

Le lendemain, le soleil brille de tous ses feux, les oiseaux piaillent en mangeant des moustiques et les feuilles soyeuses des trembles se balancent dans le vent.

À Val-des-Bois, les cloches viennent de sonner midi. Malgré ce temps superbe, Éric boude. Assis sur une vieille chaise de jardin devant l'atelier de son père, il n'a qu'une envie, pleurer. Il frappe son épée au sol, sans arrêt, en signe de désarroi.

Il est seul et malheureux. Il regrette sa saute d'humeur d'hier contre Maude et Simon. Il aimerait se raccommoder avec eux, sauf qu'il ne sait pas où les joindre. De plus, il a mal au ventre depuis une semaine. Il n'a pas faim et, quand il mange, il a envie de vomir.

Son père ne s'en est pas aperçu. Le jour, il travaille, et le soir, il est triste. Il le met au lit en pensant à autre chose. À maman,

sans doute, qui est morte l'hiver dernier après une longue maladie.

Sans relâche, Éric bat le sol asphalté. Clac! Clac! Clac! La pointe de son épée de bois commence à être usée et la poignée, à se déglinguer.

À bout de patience, son père, Maurice, sort du garage en essuyant ses mains pleines de cambouis.

— Tu ne peux pas jouer ailleurs?

— Non, répond Éric, le visage fermé.

Et il recommence à taper sur l'asphalte.

Sentant la tristesse de son fils, le père se radoucit.

— Viens, c'est l'heure de manger. Veux-tu un sandwich?

S'il a envie d'ébouriffer les cheveux rouquins de son fils, il se retient, de peur de les lui salir.

— Je n'ai pas faim, réplique Éric, le coeur au bord des lèvres.

Il regarde son père avec un visage si défait que celui-ci s'inquiète:

— Tu ne vas pas bien?

— J'ai mal au ventre.

Éric verdit. Il a le réflexe de courir à l'intérieur mais n'en a pas le temps. Il se plie en deux.

Appuyé sur son épée pour ne pas tomber, il vomit sur l'asphalte, devant son père médusé.

* * *

Chez Francis aussi, c'est l'heure du repas. La famille est à table, et cela inclut Arlène qui, pour une fois, s'est échappée du bureau du notaire, son patron.

— J'ai eu les résultats du laboratoire, annonce Francis. Votre huard à collier est mort d'avoir mangé du plomb!

— Hein? Du plomb? s'écrie Maude, étonnée. Comment ça?

Son père lui explique que plusieurs pêcheurs utilisent des agrès en plomb. Quand les lignes à pêche cassent, les pesées et les leurres tombent au fond de l'eau. Comme ces petits objets ressemblent à du gravier, le huard en a avalé pour faciliter sa digestion. Le plomb a pénétré dans son sang, s'est fixé dans ses os et dans ses organes vitaux, ce qui a provoqué sa mort.

— Le pire, c'est que la baie des Anglais est un lieu très fréquenté par les pêcheurs, ajoute Francis.

Conclusion logique, il y a beaucoup de petits objets en plomb au fond de l'eau. Et chacun d'eux représente un danger mortel pour les oiseaux aquatiques.

— Les canards, les bernaches, les goélands, tous ces oiseaux sont en danger, souligne Arlène.

— Arrête, maman, implore Simon, c'est trop affreux!

Les quatre se regardent, démontés. Le Caillé, leur lac, si grand, si beau, est pollué? Il tue ses oiseaux aquatiques?

Maude, la première, réagit:

— On va tout nettoyer!

Les parents éclatent de rire.

— Tu es vaillante, explique Arlène. Il va te falloir plusieurs années. Le lac a trente kilomètres de longueur, ce qui lui donne au moins soixante kilomètres de littoral...

Maude sourit, fine:

— Je raclerai seulement le rivage.

— Organisons une corvée, propose Simon à la blague. Tous les enfants des villages environnants se mettent ensemble, le même jour, et draguent le fond de l'eau!

Francis, sérieux, s'adresse à ses enfants:

— N'empêche, c'est peut-être ça, la solution. Tout dépend de l'étendue des

dommages. Je vais prévenir la municipalité et demander qu'on enquête.

* * *

Après le repas, Simon et Maude entre-
prennent, pour la troisième fois, de re-
trouver Éric.

À midi, ils ont aussi appris de leurs parents qu'un mécanicien et son jeune fils
ont emménagé dans leur village en juin.
Ils vivent tous deux, semble-t-il, dans
l'atelier de mécanique acheté par le père.

Le mécanicien, quoique compétent, a
l'humeur un peu chagrine et ne sort pas,
sauf pour aller à l'épicerie. L'enfant est
roux, maigre, nerveux et solitaire, et on
n'a jamais vu sa mère.

La description a convaincu Simon. Les
deux nouveaux venus ont toutes les
chances d'être Éric et son père. Avec
Maude, il roule en direction de l'atelier,
au bout de la rue Commerciale, à la sortie
du village.

Ils arrivent à un gros bâtiment, récent
et propre, dont on ne voit que la partie atelier qui paraît occuper tout l'espace. Est-
ce bien là que vivent le père et le fils?

La grande porte coulissante est baissée, et on ne décèle aucun signe d'activité à l'intérieur. L'établissement a l'air fermé.

Maude et Simon appuient leurs vélos contre un mur et contournent l'édifice. Une voiture est stationnée à l'arrière, signe d'une présence. Encouragés, ils continuent leur exploration et découvrent une porte sur le côté.

Ils y frappent.

Pas de réponse. Ils frappent encore.

Un pas lourd s'avance. Un visage d'homme se montre dans l'embrasure.

— Qu'est-ce qu'il y a?

Le ton est revêche; les yeux, méfiants. Surmontant cette barrière, Simon et Maude se mettent à deux pour se présenter et demander s'ils sont chez un dénommé Éric qui vient du Nouveau-Brunswick.

À la réponse affirmative de l'homme, ils s'enhardissent. Ils lui racontent qu'ils ont rencontré Éric la veille et lui demandent la permission de l'emmener en balade.

Le visage de l'homme s'est adouci, attristé.

— Je m'appelle Maurice. Éric est malade. Il ne sortira pas aujourd'hui.

— Est-ce qu'on pourrait le voir quand même? insiste Maude gentiment.

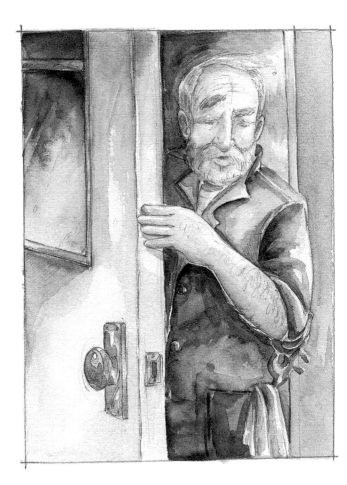

Elle est si jolie, si résolue, que Maurice ouvre la porte et tend la main pour indiquer un endroit derrière lui.

— Je n'ai pas eu le temps de trouver une maison. On vit un peu en camping...

Simon et Maude pénètrent dans le bâtiment. Comme ils le pensaient, l'atelier de réparation de voitures occupe les sept huitièmes de l'espace disponible.

Au fond, dans ce qui servait de bureau, sont installés une cuisinière et un évier. Juste à côté, dans la même pièce, deux lits sont allongés contre les murs. Sur l'un d'eux, Éric est étendu, pâle, et son souffle est rauque et court.

Maude s'approche en souriant:

— Salut, Éric du Nouveau-Brunswick.

Les yeux d'Éric brillent de plaisir un instant, juste avant qu'une crampe le traverse. Il grimace de douleur.

— Il a l'air très malade, s'émeut Maude en se retournant vers le père.

— J'ai l'impression, oui. Sa mère aurait pu le dire mieux que moi.

Et il reste là, les bras ballants, impuissant, malheureux.

— Venez, on va vous conduire chez le médecin, propose Simon.

— D'accord, accepte le père. J'y avais pensé, mais il fallait d'abord que je le trouve et je viens juste de finir mon travail...

Avec tendresse, il prend dans ses bras son enfant qui réagit à peine.

* * *

De retour chez lui après avoir laissé Éric et Maurice chez le médecin, Simon se plonge dans d'intenses réflexions.

— Tout cela est très étrange, répète-t-il à Maude deux ou trois fois, les sourcils froncés.

En l'espace de deux jours, ils ont découvert un canard mort d'avoir avalé des agrès de pêche, un garçon malade et au moins une zone polluée dans leur lac.

Perplexes, ils se regardent.

Quelle est cette maladie dont souffre Éric? Prend-elle sa source à Val-des-Bois, leur village qu'ils croyaient si normal, si sain? Dans ce cas, deviendront-ils malades eux aussi?

Chapitre V
Des oiseaux curieux

Le lendemain, le temps est encore clair et le lac brille sous le soleil. Sitôt levés, Simon et Maude ne pensent qu'à une chose: retourner chez Éric pour avoir de ses nouvelles.

Les portes du garage sont grandes ouvertes et Maurice travaille sous une voiture. Ses jambes dépassent de la carrosserie et on entend des bruits de pinces qui tombent, d'huile qui coule et de boulons rouillés qu'on desserre.

— Monsieur? appelle Simon en craignant de déranger.

Un visage renfrogné et plein de cambouis sort de sous la voiture. Il s'adoucit à la vue des enfants.

— Mon fils est à l'hôpital, annonce le père, soucieux. Le médecin a diagnostiqué une intoxication au plomb!

— Hein? s'écrie Simon. Comme les oiseaux?

Maude retient ses sanglots:

— Alors il va mourir lui aussi?

Maurice reste bouche bée, ignorant ce qui provoque une conclusion si dramatique. Simon lui raconte donc l'histoire du huard mort.

— Éric n'a pas mangé d'agrès de pêche, les rassure Maurice. Et une intoxication, ça se soigne.

Le médecin lui a expliqué que son fils a toutes les chances de s'en sortir. Il semblerait avoir été exposé à une grande quantité de plomb, mais durant une courte période. Ce genre d'intoxication se guérit plus facilement que l'autre, où on est exposé à peu de métal, mais durant une longue période.

Maurice continue, songeur:

— Je ne vois pas où il a pu être en contact avec autant de plomb. Ce n'est certainement pas ici. J'envoie toutes les batteries usées au recyclage.

Au tour de Maude et Simon d'être bouche bée. Que viennent faire les batteries d'automobiles dans l'intoxication d'Éric?

Le mécanicien leur apprend que les batteries contiennent deux produits très dangereux, l'acide et le plomb, et que le plomb a causé beaucoup de cas d'intoxication dans le passé.

De nos jours, la loi oblige les garagistes à donner toutes les batteries usées au recyclage. Ainsi, elles sont moins dangereuses pour les humains et l'environnement.

— Où Éric est-il allé? Quand? Je n'en sais rien, ajoute Maurice. Je dois y réfléchir. En attendant, il faut que je travaille, mon client attend sa voiture.

Et il roule sous la carrosserie.

— Revenez quand Éric sera là! termine-t-il d'une voix assourdie.

* * *

— Est-ce qu'on aurait dû lui en parler? s'interroge Maude, mal à l'aise.

Après avoir appris le danger que représentent les batteries de voitures, le frère et la soeur ont tout de suite pensé au hangar où Éric semble jouer à coeur de jour. Il y en a des centaines, peut-être des milliers dans cet endroit.

Si ces batteries contiennent encore du plomb, c'est là qu'il a été intoxiqué, ça ne fait aucun doute. Mais si elles avaient été vidées avant d'être empilées? Alors il faudrait chercher ailleurs.

Pour l'instant, la première action à entreprendre, c'est de vérifier l'état des batteries au hangar. Si elles sont très lourdes, cela signifie qu'elles contiennent encore leurs produits dangereux.

Décidément, ils doivent retourner là-bas. Pour aider Éric et mettre les adultes sur une piste valable, ils ont besoin d'information solide. Inutile de donner de faux indices ou de susciter de vains espoirs.

Au surplus, le garagiste a mentionné qu'il fallait être exposé au plomb à de nombreuses reprises pour tomber malade. En une seule visite, ils ne risquent pas leur santé.

Sans plus hésiter, ils se lancent en direction de la baie des Anglais.

* * *

Par prudence, ils laissent leurs vélos dans le boisé et s'assurent d'être seuls avant d'avancer vers le bâtiment. Ils doivent surtout éviter de se faire surprendre par l'homme de la veille.

Ne voyant personne, ils se glissent à l'intérieur en utilisant le truc d'Éric. Tirer la planche, se faufiler, la remettre en place, et le tour est joué! Une fois dans le hangar, ils attendent que leurs yeux s'habituent à l'obscurité.

Peu à peu, les montagnes de fer rouillé se détachent dans la pénombre. La plus haute, celle du centre, a une silhouette menaçante.

Ils la contournent lentement, pour constater qu'elle est presque entièrement formée de vieilles batteries écrabouillées. Ils décident d'en prendre une et de l'examiner de près.

À deux, ils ont toutes les peines du monde à la soulever, indice qui démontre qu'elle contient encore son plomb et son acide.

Pour être tout à fait sûrs, ils en vérifient quelques autres çà et là dans le hangar. La conclusion leur saute aux yeux: la majorité des batteries sont dans le même état.

Continuant leur tour pour accumuler des preuves, Maude et Simon découvrent, à gauche des grandes portes d'entrée, une petite pièce fermée. Elle servait sans doute de bureau quand le garage était ouvert.

À mesure qu'ils progressent, ils notent l'état de délabrement du bâtiment. Certaines de ses planches sont pourries et les poutres du plafond ont l'air d'être mangées par des colonies d'insectes.

Leur exploration terminée, Maude et Simon, satisfaits, retournent vers leur sortie, la planche amovible.

Le message qu'ils vont transmettre à présent est clair. Le bâtiment est plein de vieilles batteries non recyclées, il est donc une énorme, une gigantesque, une éléphantesque source de pollution. Leur père saura à qui s'adresser pour régler le problème.

Un bruit de moteur les surprend. C'est celui d'un gros camion qui se dirige droit vers eux.

S'ils sortent, ils seront obligés de courir à découvert dans le terrain herbeux.

Peuvent-ils risquer d'être repérés? Ça dépend de la personne qui conduit le camion... Serait-ce l'homme qui les a chassés la veille? Si c'est lui, pas question qu'il sache qu'ils sont revenus!

Le véhicule s'arrête en face des portes. L'intention du conducteur est sûrement d'entrer. Où peuvent-ils se cacher?

L'ancien bureau leur offrirait un abri, à la condition que personne n'y regarde. Il n'y a pas un meuble à l'intérieur.

Se mordant les doigts de leur imprudence, Maude et Simon longent les murs dans le but de s'y rendre, mais ils n'en ont pas le temps. Les portes s'ouvrent et la lumière pénètre à flots jusqu'à eux.

Vite, ils se précipitent sur le sol et rampent derrière un des amas de batteries, haut de presque un mètre. Juste à temps, car le camion franchit les portes à reculons.

Le moteur s'éteint et un homme sort de la cabine. On l'entend marcher puis ouvrir une porte.

Maude et Simon jettent un oeil curieux.

Effarés, ils voient alors à l'arrière du véhicule, entassées pêle-mêle, si nombreuses qu'elles débordent, des centaines de batteries de voitures.

* * *

Une demi-heure plus tard, l'homme n'a pas encore fini de se débarrasser de son chargement. Il projette les batteries au bout de ses bras sans prendre garde au lieu où elles tombent. Il a la carrure et les cheveux hirsutes de l'individu qui les a chassés la veille.

Comme il est dans la boîte de son camion, les enfants ont de la difficulté à distinguer les traits de son visage. D'autant plus qu'ils ne risquent qu'un oeil prudent de temps à autre, pour ne pas être repérés.

Ils ont le loisir, cependant, d'étudier son véhicule, qui date de plusieurs années. Il est rouge et la peinture en est rouillée aux ailes, près des roues. La boîte de chargement, quant à elle, est carrée, massive, construite en bois. Jadis blanche, elle est écaillée et jaunie par endroits.

L'homme continue à lancer les batteries avec vigueur.

Simon, effrayé, n'a qu'une réaction:

— Il faut qu'on se sauve. Cet homme est un criminel, j'en suis convaincu.

* * *

Se sauver, oui, mais comment?

Simon et Maude pensent d'abord à re-pérer autour d'eux certaines planches moins solides.

— Trop dangereux, chuchote Maude. Il nous verra à coup sûr.

— On reste là jusqu'à ce qu'il parte, alors?

Le travail dure et dure. La boîte de ce camion ne se videra donc jamais? Une après l'autre, les batteries rebondissent, roulent, s'empilent. Cependant, le rythme ralentit. L'homme se fatigue, il tousse.

Les enfants ont hâte que le travail soit terminé. Ils sont immobiles depuis trop longtemps. Ils ont les jambes et les mains engourdies. De plus, le hangar est humide et ils frissonnent sous leurs vêtements lé-gers.

Maude, surtout, souffre. Depuis qu'elle est allongée, elle respire la poussière et doit se retenir pour ne pas éternuer. Plusieurs fois, elle a réussi, mais elle n'en peut plus.

Elle se pince le nez, une fois, deux fois, se crispe tant qu'elle serre les dents et que les larmes lui viennent aux yeux. Elle est bientôt submergée.

— Aatchoum!

— Maude! chuchote Simon, paniqué.

L'homme arrête de travailler. Le silence s'installe.

Pour le nez de Maude, un seul éternuement est insuffisant. Il veut tellement se libérer qu'il continue.

— Aatchoum! Aatchoum! AATTTCHOUM!

Le bandit sait à présent qu'il n'est pas seul. Il regarde autour de lui, considère les amas de batteries réparties dans le hangar et descend du camion.

— Sauvons-nous avant qu'il nous attrape, ordonne Simon.

Soudain, la lumière disparaît. L'homme a fermé les portes. Les enfants courent dans le noir. Butant contre tout, ils se rendent de l'autre côté du hangar, à la planche qui représente leur salut.

Ils se mettent au travail, tâtonnant dans l'obscurité, les mains tremblantes. Attrapent la planche, la tirent, la sortent de son trou, la jettent sur le sol.

Inutile! L'homme les saisit au collet.

— Pas si vite, mes jolis!

Il les regarde.

— Il me semble que je vous connais... Je vous avais pourtant prévenus de ne pas revenir ici!

Il les oblige à marcher devant lui.

— Vous aimez mon entrepôt? Tant mieux, fait-il, ironique. Vous allez y rester un bon moment.

Chapitre VI
Des oiseaux en cage

Un silence mortel est retombé dans le hangar humide. L'homme a vidé son camion, puis est reparti dans un fracas de porte grinçante et de moteur pétaradant.

Dans le bureau situé au coin du bâtiment, Simon et Maude sont assis sur le sol, dos à dos, les mains attachées ensemble.

— Comme ça, vous vous tiendrez tranquilles, leur a signifié le bandit avec un rire mauvais. Quand on vous trouvera, je serai loin. Et je ne reviendrai pas, vous pouvez en être sûrs. L'endroit commence à être trop fréquenté à mon goût.

Ils ont protesté, lui ont promis de se taire, se sont débattus, en vain. Il n'a pas eu pitié d'eux et les a liés avec une grosse corde récupérée dans son camion.

— Je vous souhaite d'être retrouvés avant que le hangar vous tombe sur le dos, a-t-il ricané.

Puis il a regagné son camion et s'est évanoui dans la nature.

Maintenant qu'ils sont seuls, Maude et Simon se rappellent sa menace. Les craquements qui retentissent de plus en plus fort à leurs oreilles leur prouvent qu'elle est réelle. Le bâtiment risque bel et bien de s'écrouler.

L'homme est loin à présent et ils n'ont plus qu'une idée, fuir. Se délivrer et partir le plus vite possible.

— Essaie de dégager tes mains, elles sont plus petites, propose Simon à Maude.

— D'accord.

Et elle tente de glisser ses poignets hors des liens, pendant que Simon donne le plus de mou possible à la corde. Peine perdue. Leurs mains sont attachées très serré.

Ils s'arrêtent un instant, inquiets, indécis, cherchant une solution. Simon sursaute:

— Hé! J'oubliais. J'ai mon canif sur moi. Peux-tu l'attraper?

Ce couteau, c'est son outil préféré, son trésor. Il le traîne tous les jours et s'en sert pour les raisons les plus invraisemblables. Écrire son nom dans le sable, par exemple, ou resserrer des boulons.

Maude entreprend de faufiler une de ses mains dans la poche arrière du pantalon de son frère. Ce n'est pas simple. Elle ne voit rien et les attaches bloquent ses mouvements.

Poussant, tirant, obligeant Simon à se tortiller, à lever les fesses, à se coucher sur le côté, elle parvient à saisir l'objet tant désiré. Triomphante, elle le sort à l'air libre, entre eux deux.

C'est un outil qui contient un ciseau, un tire-bouchon et une pince, entre autres instruments. Elle le tourne et le retourne dans son dos, cherchant des repères du bout des doigts.

— Il est compliqué, ton canif, maugrée-t-elle.

Bientôt, malgré ses précautions, elle l'échappe.

— Oh non!

Simon devine ce qui est arrivé.

— Il est où?

— Juste derrière toi!

Il tâtonne le sol avec délicatesse. Surtout, que le couteau ne s'enfonce pas dans la poussière.

Ses doigts frôlent un objet. Avec grand soin, il le ramasse.

— Je l'ai trouvé.

Il essaie de l'ouvrir à son tour. C'est plus facile pour lui, il le connaît.

Il réussit finalement. La petite lame est là, coupante, prête à servir. Il commence à sectionner un tronçon de corde.

— Dis-moi si je te blesse, hein? demande-t-il à Maude.

— Certain! Je hurle si tu me touches.

Ils rient de la blague. Adossés l'un contre l'autre, les mains entremêlées, ils ne pourraient pas être plus collés qu'en ce moment.

Simon entreprend de couper un des liens qui serrent ses poignets, espérant que la corde se dénouera.

Tout dépend de la façon dont l'homme

a fabriqué les noeuds. Il y en a qui ne veulent pas céder, même quand ils sont sectionnés en plusieurs endroits. Simon en sait quelque chose, il s'est amusé tout un été à pratiquer des noeuds.

Bref, la tâche pourrait être beaucoup plus longue et difficile que l'imagine Maude. Il ne le mentionne pas pour l'instant. Inutile d'alarmer sa soeur.

Coup de chance! Une fois la corde tranchée, le noeud se défait.

— Tu es un champion, le félicite Maude en massant ses poignets endoloris.

L'homme a été négligent. D'abord il ne les a pas fouillés, ensuite il ne s'est pas soucié d'exécuter un noeud efficace. Tant pis pour lui! Maude et Simon sont enfin libres!

Ils se lèvent, se dégourdissent les jambes et se hâtent vers la sortie.

Ils ne sont pas au bout de leurs peines. La porte du bureau ne s'ouvre pas, le bandit l'a verrouillée. Quand on la pousse un tantinet, la chaîne et le cadenas sont visibles.

Après avoir essayé inutilement de l'enfoncer, Maude et Simon y renoncent.

— J'ai une idée, déclare Maude.

Elle suggère d'adopter le système «Éric du Nouveau-Brunswick» et de trouver, dans le mur extérieur, une vieille planche amovible.

— Il a affirmé qu'il y en avait partout dans le bâtiment, tu te souviens?

Sans répondre, Simon commence à sonder les planches les unes après les autres.

* * *

À la maison, Francis et Arlène sont contrariés. C'est la fin de l'après-midi, le soleil descend sur les montagnes, les enfants devraient être de retour de leur balade. Normalement, ils rentrent à la maison au moment où leur mère revient du bureau.

— Cette histoire de huard les intéressait beaucoup, réfléchit Arlène. Je me méfie. Dans quelle aventure se sont-ils encore embarqués?

— Je gage que Maude a entrepris le nettoyage du fond du lac, blague Francis. S'ils ne sont pas ici dans une demi-heure, je ferai un saut à la baie des Anglais.

Et il se remet à taper sur son clavier. Il a un article à rendre demain à une revue

écologique. La semaine dernière, il cherchait un sujet important, percutant. L'oiseau mort lui en a fourni un.

Il lui reste beaucoup de travail avant d'avoir terminé. Le retard des enfants l'arrange, pour une fois. Sauf qu'il ne voudrait pas, selon son habitude, se plonger dans son travail au point d'en oublier l'heure!

* * *

Dans le bureau cadenassé, les enfants, prisonniers d'un bâtiment qui craque sans discontinuer, découvrent enfin une planche amovible.

Le problème, c'est qu'elle en supporte une autre, plus haute, qui se rend jusqu'au toit et qui a l'air importante pour la solidité du bâtiment. De l'intérieur, avec une lumière insuffisante, c'est difficile de juger.

Après avoir examiné l'assemblage de son mieux, Simon déclare:

— Il va falloir agir vite parce qu'on risque que le toit s'écroule quand on la retirera.

— C'est la seule qu'on peut enlever? s'inquiète Maude.

Simon hausse les épaules.

— En as-tu trouvé une autre?

Elle indique que non et soupire. Puis elle fait appel à tout son courage.

— Quand tu donneras le signal, on la bombarde de coups, c'est ça?

— Exact.

Ils s'installent là où ils veulent créer l'ouverture. Ils respirent à fond, se préparant à l'effort.

— Un, deux, trois, on y va! décide Simon.

Ensemble, ils frappent des mains et des pieds. Plus la planche cède, plus les craquements s'intensifient dans le hangar.

— J'ai peur, annonce Maude.

— On n'a pas le choix, réplique Simon, essoufflé. À présent qu'on a commencé, il faut finir, sinon le bâtiment nous tombera dessus.

* * *

Francis n'a pas oublié. Après une demi-heure, à bout de patience, il a sauté dans sa voiture et s'est dirigé vers la baie des Anglais.

— S'ils ne sont pas là, j'aurai fait un

petit tour dans la nature, a-t-il glissé, go-
guenard, à Arlène.

Il se presse. Si son article avance bien,
il a cependant encore quelques heures à y
consacrer. Il devra travailler ce soir, quand
les enfants seront au lit.

Son papier suscitera de l'intérêt, il en est certain. Selon lui, plusieurs oiseaux aquatiques périssent par la faute d'agrès de pêche en plomb. C'est insensé. Dire que les pêcheurs n'auraient qu'à utiliser d'autres leurres, en argile ou en étain par exemple, pour éviter tous ces problèmes...

Quand il descend de voiture, il remarque, à côté de la route, des traces fraîches de pneus sur le chemin de terre. Excellent! Si un camion est passé par là, sa voiture le peut aussi. Il gagnera du temps. Il remonte dans son auto et s'engage dans le sentier.

Il se rend tout près de la lisière du bois, jusqu'au terrain découvert. Là, il constate que la piste disparaît dans les fourrés. Il hésite à avancer plus loin en voiture. Ce genre de terrain dissimule souvent des obstacles imprévus, des troncs d'arbres morts ou, pire, des marais.

Il arrête donc sa voiture et en sort. Tout de suite, il entend du bruit. On dirait des coups. Est-ce le bâtiment qui craque ou bien quelqu'un qui frappe? Sans attendre, il se dirige vers le vieux garage.

Plus il avance, plus les bruits s'amplifient, se précisent.

Il se met à courir, tant par curiosité que mû par son sixième sens. Tous ces sons ne sont pas normaux.

Les craquements proviennent du bâtiment sur le point de s'écrouler. Mais d'où sortent ces coups rythmés qui ressemblent à des appels désespérés?

Il fait le tour de l'ancien garage à toute vitesse pour en trouver la source.

Là! Une planche veut se détacher de la charpente. On la pousse de l'intérieur. Voilà d'où viennent les appels.

Vite, il tire la planche de toutes ses forces pour secourir ceux qui veulent sortir.

CRRRRRRAC! Elle cède enfin.

Maude et Simon, qui, en dernier ressort, s'y étaient appuyés pour la casser, se retrouvent à terre. Ils roulent l'un par-dessus l'autre, pendant que le bâtiment s'ébranle en grinçant de tous ses joints.

— Vite! leur crie Francis en les aidant à se relever.

En un éclair, les trois s'éloignent en courant vers le boisé. Là, ils s'arrêtent, en sécurité sous les arbres. Effarés, ils ont le loisir de contempler un spectacle ahurissant.

Le bâtiment s'écroule par le centre, le toit touchant terre avant les murs, les planches rebondissant les unes sur les autres, avant de retomber. Tout cela dans des craquements de tôle et de bois, et enveloppé dans une poussière grise qui s'élève en volutes denses.

— On l'a échappé belle, souffle Maude, interloquée.

* * *

Maintenant que tout s'est écroulé, Francis regarde ses enfants.

— Qu'est-ce que vous fricotiez là? veut-il savoir, mi-fâché, mi-soulagé.

— Tu ne devineras jamais ce qui nous est arrivé, commence Maude.

— On a découvert un grand pollueur, annonce Simon, fier. Et pourquoi Éric du Nouveau-Brunswick est intoxiqué au plomb!

L'histoire sera longue, Francis le sent. Il préfère qu'elle soit racontée à table, en présence d'Arlène. Alors il demande à ses enfants de récupérer leurs vélos, qu'il amarre sur le toit de la voiture.

— Vous avez assez couru pour aujourd'hui, leur a-t-il signifié. Désormais, je vous garde à l'oeil.

Nul besoin de dire qu'Arlène, qui avait laissé brûler son rôti tellement elle était inquiète, était tout à fait d'accord.

Chapitre VII
L'oiseau refait
son plumage

Éric n'en revient pas. Dans son lit d'hôpital, le lendemain, il écoute l'histoire que Maude et Simon lui racontent.

Il veut tout connaître de leur aventure! La dimension de la corde qui liait leurs mains, l'endroit exact où ils étaient assis et où se situait la planche qu'ils ont cassée. De plus, il veut savoir ce que le malfaiteur leur a dit et de quoi il avait l'air de près.

La partie qui l'éblouit, c'est celle où Francis arrive et leur sauve la vie. Il en a des étoiles dans les yeux.

— Vous avez été chanceux! leur répète-t-il.

Mais l'histoire ne se termine pas là. Éric, qui a déjà l'air en meilleure santé, insiste pour que ses amis continuent leur récit.

La veille au soir, pendant que leur père travaillait à son article urgent, Simon et Maude ont répondu à un interrogatoire en règle. Un vrai de vrai, mené par un policier sérieux.

L'agent Dumais de Val-des-Bois, alerté par leur père, s'est rendu chez eux à toute vitesse et leur a posé de multiples questions. Ils lui ont tout raconté. Y compris que leur ami Éric était à l'hôpital, malade d'une intoxication au plomb.

— Vous lui avez vraiment parlé de moi? s'émerveille Éric, qui aurait adoré être présent.

— Oui. Il nous assure que s'il trouve le malfaiteur, il va l'accuser de t'avoir empoisonné. Ou quelque chose du genre.

— Il n'est pas certain de l'attraper? s'étonne Éric.

Là est le hic. Le pollueur est difficile à identifier. Les enfants ont décrit sa haute taille et ses cheveux hirsutes. Sauf que l'homme est toujours demeuré soit dans l'ombre, soit à contre-jour. Ils n'ont jamais pu le dévisager à la lumière.

Cependant, ils ont fourni une description fiable de son camion rouge à boîte blanche, dont la peinture est jaunie et écaillée.

— Un véhicule comme celui-là sera facile à repérer, a commenté Dumais, satis-

fait. À moins qu'il provienne de grandes villes comme Montréal ou Québec!

Le policier a promis de les tenir au courant et il est reparti. Dans sa voiture, déjà, il donnait les signalements par radio. Avec lui, l'enquête ira bon train!

* * *

Deux semaines plus tard, Éric sort de l'hôpital. Il a repris des couleurs et du poids.

Pour fêter son retour, ses amis décident de l'emmener en expédition. Sans lui fournir d'explication, ils l'obligent à revêtir une combinaison blanche qui le couvre des pieds à la tête.

Puis les trois enfants, conduits par Francis, empruntent la route ceinturant le lac. Éric, curieux, essaie de deviner ce qui se passe, surtout la raison pour laquelle on lui a fait enfiler la combinaison.

— On jouera à l'astronaute?

— Non, rigole Maude.

— Au médecin?

— Non plus, répond Simon.

Quand la voiture quitte l'asphalte pour s'engager sur un chemin de cultivateur plein d'ornières, Éric comprend.

— On va à mon repaire! s'exclame-t-il, ravi.

Quand l'auto s'arrête, il a tellement hâte de voir ce qui l'attend qu'il saute dehors le premier. Et ce qu'il découvre le renverse.

L'endroit ressemble à un paysage lunaire. Le bâtiment est rasé. Ses planches et ses poutres ont disparu. La hauteur des amoncellements de batteries a commencé à diminuer.

À gauche et à droite, en zigzag, déambulent une douzaine de personnes vêtues de combinaisons et de masques blancs.

Éric ouvre des yeux ronds.

— Les gens se protègent contre le plomb?

— C'est ça, lui répondent Simon et Maude. Et toi, il fallait qu'on te couvre aussi, puisque tu es fragile.

Lentement, les nettoyeurs saisissent les batteries l'une après l'autre et les déposent dans un camion. Ils travaillent avec attention, évitant de toucher ou de respirer le métal toxique.

— C'est toute une tâche, remarque Francis.

Soudain, au loin, on voit arriver une voiture de police. Deux hommes en descendent. D'abord, le policier Dumais dans son uniforme bleu marine, qu'Éric aperçoit pour la première fois. Et un homme à la silhouette longue et fine, aux cheveux hirsutes et au visage orné d'une grosse moustache.

— Le malfaiteur, souffle Éric, heureux jusqu'à en piétiner sur place. Il a été arrêté!

Fier, Simon explique à Éric que le bandit a été appréhendé il y a deux jours dans un village au sud du lac Caillé. C'est son camion qui l'a trahi.

L'enquête menée par Dumais a permis de révéler que le pollueur se présentait dans les garages en prétendant faire du recyclage. Là, il réclamait de l'argent pour récupérer les vieilles batteries qu'il emportait. Puis il s'en débarrassait de la pire façon et gardait l'argent pour lui.

— Pourquoi le policier l'emmène-t-il ici? veut savoir Éric.

— Au début de son commerce, il était plus consciencieux et il enterrait les batteries. Il faut savoir où, pour les déterrer.

Menotté, le malfaiteur guide Dumais vers des endroits précis où un homme en combinaison plante de petits drapeaux. Cela servira de points de repère pour le creusage.

— Ce n'est pas fini, déclare Simon. Viens!

Impressionné et heureux, Éric suit ses amis jusqu'au rivage du lac.

Là, bien en évidence, est installé un panneau d'affichage sur lequel il est écrit:

AVIS AUX PÊCHEURS
IL EST DÉFENDU D'UTILISER DES AGRÈS EN PLOMB.

— Décret de la municipalité, triomphe Maude. Pour sauver les oiseaux aquatiques.

— Tout ça, c'est grâce à vous, les enfants, les félicite Francis. Continuez à être vigilants.

Puis les quatre se pressent de rentrer. Un gros travail les attend.

Aujourd'hui, Éric et Maurice emménagent dans une maisonnette en plein centre du village. À deux pas de chez Simon et Maude qui s'en réjouissent. Ainsi, ils pourront voir leur chevalier barbouillé aussi souvent qu'ils le désirent.

Table des matières

Achevé d'imprimer
sur les presses de Transcontinental Litho Acme.